AF496359

LES ELOGES DES XII DAMES ILLVSTRES, GRECQVES, ROMAINES, ET FRANCOISES.

Depeintes dans l'Alcoue de la Reine.

A PARIS,
Chez IEAN DV BRAY, ruë sainct Iacques aux Espics meurs.

M. DC. XLVI.

Auec Permission.

LES GRECQVES.

Ste HELENE IMPERATRICE, MERE DE CONSTANTIN.

L'an 306.

Quæ cœli reddere cœlo.

Rendre au Ciel ce qui vient du Ciel.

SAincte Helene donna Constantin au Monde, & le monde à Iesus-Christ. Elle fut Mere de l'vn par Nature, Maistresse en la Foy par Grace, & conuertit l'autre à Dieu par les exemples de sa Pieté. Ses graces & ses beautez luy donnerent l'Empire de Rome, sa vertu, celuy du Ciel. Son inuention fut la Croix, son exercice la Charité, le prix de son merite la gloire eternelle, l'amour immortel de son Fils, & la veneration de tous les Peuples.

I. TABLEAV.

Ste *Helene presẽte icy vne Croix à son fils Constantin, & en mesme temps luy mõstre du doigt dans le Ciel vne autre Croix, enuironnée d'vne grande lumiere, & portée par des Anges, auec ces mots :* In hoc signo vinces. *A ses pieds sont representez d'vn costé des Idoles brisees, & de l'autre le Tyran Maxence ennemy de la Croix, qui est noyé dans le Tibre auec toute son armée, comme vn autre Pharaon, par les prieres de sainte Helene. La deuise est*

Idololatria calcata, submerso Maxentio.

PVLCHERIA IMPERATRICE.

L'an 408.

Mater Populi, ſponſa Dei.

Mere du Peuple, Eſpouſe de Dieu.

PVLCHERIA fut fille, ſœur, niepce, & femme des Empereurs; la Maiſtreſſe des Roys en la Foy, la Mere du peuple, l'ornement de la Religion, & l'appuy de la Iuſtice. Elle fit vne eſtroite alliance entre le Sceptre & la Croix, l'humilité & les couronnes, & ſçeut à l'exemple de Noſtre Dame, ioindre le mariage au vœu d'vne perpetuelle virginité. Ses enfans furent ſes vertus & ſes ſuiets, Son regne la felicité publique. Elle gouuerna l'Empereur ſon frere & l'Empire dés l'âge de quinze ans, regna quarante, mourut à cinquante ſix, honorée par la voix d'vn Concile vniuerſel, & par les acclamations de tout le monde.

II. TABLEAV.

Elle est aßise dans vn chariot de triomphe tenant vne croix enuironnée de palmes. Le chariot est conduit par la Foy, au haut est vn petit Temple, *& dessus vn triangle d'or auec ce mot* Trinitas. *Sous les roüës du chariot est l'heresie faite en forme d'vne hideuse furie; d'autre part Attila auec son armée fuyant en déroute.*

La deuise porte

Hæresi prostrata, Attila profligato.

EVDOCIA IMPERATRICE.

L'an 420.

Quæ cœlo plaudente venit.

Faueur d'enhaut passe tout.

SA beauté fut sans comparaison, son esprit sans pair, & sa fortune sans exemple. Elle fut fille d'vn Philosophe, qui ne luy laissa rien que la prediction de son bon-heur. Venuë de Constantinople à la sollicitation d'vn procez, elle gagna deux Empires, celuy du Ciel par sa conuersion à la Foy, & celuy de la terre par son mariage auec l'Empereur Theodose. La Pieté, la Bonté, la Clemence, & la Liberalité, monterent sur le throsne auec elle, mais sa pudicité qui fut sans tache, ne pût estre sans soupçon. Le temps fit vn grand iour à son innocence, qui enfin a rencontré celuy de l'Eternité. Elle fut mariée a vingt ans, regna vingt-neuf, & mourut a cinquante neuf, dans vne retraitte glorieuse qu'elle fit en la terre sainte, au temps de sa viduité.

III. TABLEAV.

P*Vlcheria ſœur de l'Empereur, preſente Eudocia doüée d'vne tres-excellente beauté à ſon frere l'Empereur, aſſis dans ſon throſne, qui luy tend les bras, & luy preſente vne Couronne: Au haut du tableau de petits Anges verſent à pleines mains des fleurs ſur la teſte d'Eudocia.*

THEODORA, IMPERATRICE, ET REGENTE DE L'EMPIRE.

L'an 842.

Ars Regnandi, Ars benefaciendi.

L'art de regner, est l'art de faire du bien.

LA beauté conſpirant auec la vertu la fit Imperatrice, & ſon mal-heur femme de Theophile l'Empereur, heretique & violent, dont elle ne ceſſa d'adoucir les ſauuages humeurs, par adreſſe & par patience. Elle l'ayma vif & mort, quoy que tres indigne d'amour, & fut par ſes ordres Regente de l'Empire, qu'elle gouuerna auec vne prudence exquiſe, & vne force inuincible. Elle a de ſon temps deſtruit les hereſies, dompté & conuerty à la Foy le Roy des Bulgariens, & ſouſtenu la Religion esbrãlée dans l'Orient. Enfin elle laiſſa l'Empire riche & paiſible, ſe retirant en vn Monaſtere auec ſes Filles, où elle mourut ſaintement, apres auoir regné 12. ans auec ſon mary, & 14. auec ſon fils.

IV. TABLEAV.

ELle reçoit les hommages du Roy des Bulgariens subiugué par elle, auec sa femme & ses enfans, & l'ayant gaigné à Dieu, le met entre les mains du Patriarche de Constantinople, pour le baptiZer auec sa famille.

LES ROMAINES.

CORNELIA

L'an 120. auant I.C.

Virtute, & Sobole.

Et de vertu, & de lignée.

SCipion n'eſt pas mort ſur les ruïnes de Carthage, il vit, il reſpire encore en ce viſage de ſa Fille Cornelia. Ce fut la plus conſiderable de l'ancienne Rome en ſon ſexe, illuſtre en enfans, & plus illuſtre en vertus; elle meſpriſa le mariage des Roys pour conſeruer ſa viduité; Elle apprit les Arts pour les apprendre à ſes fils, ſe faiſant doublement mere par nature & par intelligence. Les autres Dames monſtroient auec parade leurs perles & leurs diamans; Celle-cy mettoit tout ſon threſor en l'education de ſes enfans, auſquels il n'y auoit rien à deſirer, ſinon plus de bon-heur, ou moins de cœur.

V. TABLEAV.

ELle est aßise dans vne chaire, ses deux petits fils à ses costés, ausquels elle monstre les sciences. La volupté peinte comme vne Venus d'vn costé, est chassée par Cornelia, & s'enfuit honteusement. De l'autre se presente la sagesse, qui tend les bras à la mere & aux enfans, qui la reçoiuent auec aggréement.

OCTAVIA.

L'an 30. auant I.C.

Superanda omnis Fortuna ferendo.

Courage passe Fortune.

OCtauia sœur d'Auguste Cæsar, fut la plus illustre femme de l'Empire, prudente, honneste, chaste, sçauante & liberale enuers les sçauants. Si elle fut heureuse en frere, elle fut tres malheureuse en son mary Antoine, de qui Cleopatra luy rauit le cœur & le lit, sans iamais luy rauir cette bonté qui esteignit tant de fois les coleres d'Auguste dans ses pleurs. La Prouidence qui luy laissa longtemps vn mary infidelle, luy osta en vn moment vn fils accompli, qu'elle pleura toute sa vie, desirant d'immortaliser ses larmes, pour n'auoir peu rendre immortel l'obiet de son amour.

VI. TABLEAV.

L'Empereur *Auguste & Marc Antoine sont representez tous deux enflammez de colere, prests à venir aux mains, & Octauia vn genou en terre, les yeux larmoyans, qui appaise son frere & son mary. Elle a sur la teste vne colombe volante, portant au bec vn rameau d'oliue, & tiend en main le caducée de Mercure. Auec la deuise.*

Pacificatrici.

L'an 224.

MAMMEA IMPERATRICE.

Qua Nati Fortuna vocat.

Ie vais où va la Fortune de mon fils.

C'Est la premiere des Imperatrices qui a gousté Iesus-Christ, lors qu'il luy fut annoncé par la bouche d'Origene. Elle forma son fils Alexandre sur les loix de l'Euangile, qui fut pour son âge le plus sage, le plus iuste, le plus vaillant, & le plus rare Empereur de la Nature. Il ne respiroit que par le cœur de sa mere, & iamais il ne se destacha de ses conseils; la mere aussi le suiuit par tout en la vie, & l'accompagna iusques au tombeau, lors que la trahison de Maximin, le plus barbare persecuteur des Chrestiens, leur enleua la vie & l'Empire, sans pouuoir effacer l'immortalité de leur gloire.

VII. TABLEAV.

Elle est representée auec son fils l'Empereur, tous deux escoutans le grand Origene, Docteur Grec, qui leur annonce Iesus-Christ. Vn Diacre aupres d'Origene tient vn tableau, où est peinte la face de nostre Seigneur toute enuironnée de rayons, que l'Empereur & l'Imperatrice regardent auec admiration. Auec la deuise.

Christo Regi sæculorum.

PLACILLA IMPERATRICE.

L'an 379.

Creuit mecum miseratio.

La misericorde est née auec moy. Iob 31.

PLacilla fut femme de Theodose le Grand, douée d'vne tres-haute vertu, son esprit fut paisible, sa deuotion actiue, sa modestie rauissante, & sa vie l'exemple de toutes les Princesses. Elle posseda hautement le cœur de son mary, dont elle adoucit les humeurs guerrieres, par le temperament de la Religion & de la Iustice. Elle aima singulierement les pauures, & consola toute sa vie les affligez. Dieu en recompense luy donna deux fils tres-pieux, qui furent placez sur les Throsnes de l'Orient & de l'Occident, pour voir rouler l'Vniuers sous les mesures de sa Prudence.

VIII. TABLEAV.

Elle est dépeinte auec la misericorde, qui a les yeux larmoyans, & monstre en bas vne multitude de pauures desolez & desesperez. L'Imperatrice se tournant vers ses deux petits fils Honorius & Arcadius, leur fait signe de donner l'aumosne à ces pauures, & eux iettent de l'or & de l'argent à pleines mains.

LES FRANCOISES.

BLANCHE DE CASTILLE, REINE ET REGENTE DE FRANCE.

L'an 1243.

Sors militat Aris.

Fortune à la solde de la Pieté.

IAmais la vertu Heroïque ne se monstra plus visible aux yeux mortels que dans ce corps, où Dieu nous fait voir le cœur des plus hauts conquerans sous vn visage d'Ange, vn esprit de feu auec vne douceur de colombe, la foudre & l'eau qui sortent d'vne mesme main; Sa pieté la donna toute à Dieu, & les soins toute aux affaires: Elle estoit toute à tout, & toute en tous, sans cesser d'estre à elle mesme. Sa vie fut la leçon continuelle de la Cour, son gouuernement, l'original de la vraye police, ses negotiations, le bon-heur de la France, & son ouurage S. LOVYS.

IX. TABLEAV.

Elle tient S. Louys encore tout ieune par la main, pour le mener à de grandes expeditions : L'Ange de la France marche deuant eux, les armées rebelles fuyent, & les SarraZins sont escartez par la splendeur de la Croix que l'Ange tient en sa main. A vn costé du Tableau est la Religion qui embrasse la Felicité, tenant vn cornet d'abondance, auec la Deuise.

Feliciтas Temporum.

CATHERINE DE MEDICIS, REINE ET REGENTE DE FRANCE. L'an 1523.

Tuta si Cauta. *De prudence, asseurance.*

L'Italie l'a produite, Clement VII. son Oncle l'a mariée à Henry second. Elle fut mere dans le desespoir de lignée, & Regente dans celuy des affaires. Le funeste coup qui éclipsa les lumieres du Roy son mary, luy ouurit les yeux dans la necessité. Elle regna en diuisant par adresse, ce qu'elle ne pouuoit rompre par force. L'extremité des maux luy fit tenter des remedes pleins d'horreur. Toutesfois elle a tenu tousiours ferme le gouuernail dans des abysmes d'eau, dont elle a tiré trois Roys ses enfans, la Religion, & l'Estat; & n'a iamais perdu l'appetit de commander qu'auec la vie, qui s'acheua à soixante & dix ans.

X. TABLEAV.

LE Pape Clement septiesme de Medicis la marie au Roy Henry second auec pompe. A vn costé du tableau sont la France & Florence, qui s'embrassent & se conioüissent de ce mariage, auec ceste Deuise.

Sint omnia protinus Alba.

ELIZABETH D'AVSTRICHE

L'an 1565.

FILLE DE MAXIMILIAN L'EMPEREVR, FEMME DE CHARLES IX.

Tumulo seruauit Amorem.

Aymer iusques au tombeau.

C'Estoit vn ouurage de Dieu, accomply en beauté, en pudicité, en humilité, en bonté, & patience. Elle fut fille sans curiosité, femme sans liberté, vefue sans impatience, Princesse sans reproche, & Reine sans orgueil. La vanité de la Cour estoit son supplice, l'Oraison sa nourriture, la conuersation des Religieuses son Paradis, & les visites des pauures son exercice : Le Roy son mary l'appelloit sa sainte, le Peuple son bon-heur, les Reines leur exemple, & les pauures leur secours. Elle demeura vefue à 19. ans, mere d'vne fille qui mourut à 5. & apres auoir refusé les partis de deux grands Roys, elle expira les restes de sa vie & de ses saintes Amours en vn Monastere de sainte Claire, qu'elle auoit fait bastir.

XI. TABLEAV.

ELle eſt dans vn deſert, aßiſe aupres d'vn ſepulchre ſomptueux, tenant vn Crucifix qu'elle embraſſe eſtroittement. Venus vient pour luy preſenter vne pomme d'or, & luy amener deux ieunes Roys qui la recherchent en mariage, mais elle en deſtourne les yeux auec vne grande auerſion, & ſe tourne du coſté du tombeau de ſon mary, en diſant.

Pars mea in æternum.

MARIE DE MEDICIS,

REINE ET REGENTE DE FRANCE.

L'ā 1600.

Altior vna Malis.

La plus haute en souffrances.

DIeu luy donna l'ame bonne, la main liberale, & le cœur grand. Sa vie eſt vne medaille à deux faces, où d'vn coſté l'on void Henry le Grand, le premier party de l'Vniuers, des enfans ſur les plus hauts Throſnes de l'Europe, des Threſors, des pouuoirs, & des gloires ſans fin. De l'autre on contemple des Fleurs de Lys qui ſe tournent en eſpines, vne longue tiſſure de Croix, des agitations ſans nombre, & des abandonnemens ſans meſure: Mais elle n'a iamais eſté abandonnée de ſon cœur inuincible qui braua ſon mal-heur; d'vne deuotion tres conſtante qui luy fit prendre les plus rudes diſpoſitions du Ciel auec amour & reſpect, & d'vne genereuſe debonnaireté, qui ferma ſa bouche à la mort pour luy ouurir le Ciel.

D

XII. TABLEAV.

Elle est representée en deuotion, leuant les yeux & les mains au Ciel, deuers vne nuée qui est couronnée d'vn arc en Ciel. Au bas de la nuë, sort à demy Henry le Grand qui luy tẽd les bras. A l'autre costé du tableau sont deux Nymphes pour representer ses deux fortunes, l'vne blanche & extremement belle, qui luy presente vne couronne de roses, l'autre noire & triste qui luy montre la couronne d'espines, auec la Deuise.

In vtramque parata.

FIN.

Permis d'imprimer le contenu au present cayer. Fait ce 30. Ianuier 1646. AVBRAY.

www.ingramcontent.com/pod-product-compliance
Ingram Content Group UK Ltd.
Pitfield, Milton Keynes, MK11 3LW, UK
UKHW021201230726
13926UKWH00001B/232

9 782014 447699